내가 있는

미래에서

일러두기

이 책은 필자의 주관적인 감상을 모은 단상집입니다. 감상의 정확한 전달을 위해 필요시 온점을 삭제하였으니, 이는 표기상 오류가 아님을 알려드립니다.

단상집

ㅇ 4

김
소
원

내
가
있
는

미
래
에
서

블랙부록

겨울

*

회복이 타인의 정성과 맞닿아 있다는 걸 상기한다

정갈한 식사 깨끗한 환경 따뜻한 눈인사 진심 어린 포옹 배려

하는 대화

*

위안을 주는 것들은 누군가의 마음 씀으로 이루어진다

*

해진 마음은 꿰매는 게 아니라 덧대어야 한다는 말을 들었다

기꺼이 덧댈 수 있는 마음을 주어 고마워요

*

미지정 카테고리 제목이 없습니다 빈칸 빈칸 빈칸뿐인 메모가 있는 걸 보면서 내가 최근을 얼마나 정신없이 살았는지를 실감했다 빛이 산란하듯 몸도 마음도 계속 산란한 상태에 놓여 있어 반짝이기도 했지만 그만큼 얇고 취약하기도 했다 무난하고 평범한 것을 끌어안고 두터워지기 위해 해야 할 것들에서 가장 먼 곳으로 간다 끝에서 끝 온도가 6도 높고 바람이 많이 부는 곳

물성을 지닌 존재가 되는 게 싫다고 오래 생각해왔지만 계속해서 이 삶을 버텨내기 위해서 안온한 곳에 머물며 누군가가 정성으로 뜬 스웨터 정도의 두께를 두르고 싶다 이제야 주변을 생각하고 늦은 새해 인사들을 떠올린다 이 겨울이 따뜻하고 따뜻하길

*

I have much memories of getting more stronger[*]

* 백예린(2017), 「Square」의 가사를 변용

*

한 달간 여기서 미뤄뒀던 생활을 했다. 열심히 밥 먹고 열심히 자기. 내게 필요한 것이 무엇인지 생각하고 그것을 채우기. 그러면서 새삼 이런 것들이 얼마나 누군가의 정성과 사랑으로 일궈지는 일상인지를 알게 되었다. 나는 나 자신에게 그렇게 정성이거나 사랑이지 않으므로 금방 또 그런 생활에서 멀어지긴 하겠지만 그래도 그런 감각을 잊지 않고 싶고 조금씩이라도 그에 가까워지려고 노력하고 싶다.

*

요즘에는 매일 조금씩 앉아서 공부를 하고 있다. 많은 시간을 하는 건 아니어도 일정한 시간 동안. 책상 앞에 책과 공책과 펜과 다이어리만 두는 것이 좋다. 어디에서든 간단하게 펼쳐서 할 수 있다는 점, 눈과 손목과 정신이 덜 피로하다는 점. 늘 노트북으로 뭔가를 하거나 침대에 앉아서 뭔가를 읽거나 했는데 의자에 반듯하게 앉아 노트북과 휴대폰 없이 집중해서 뭔가를 새로 알아가고 있다는 감각을 오랜만에 느끼는 것 같다. 그 시간들이 내게는 일상이라는 단어를 손에 쥐고 매만지는 것처럼 느껴진다. 단단하고 옹골찬 열매 같은 무언가를.

내가 얼마나 간단하고 패턴화된 일상을 좋아하고 그것에 익숙한지 새삼 느끼고 있고 당분간 기꺼이 이런 식으로 지내게 될 것 같다. 너무 멀리 생각하면 불안해지니까 하루만 보고, 찰나만 기억하고, 가까운 곳에서 위안을 얻으면서.

*

가장 오래 기다려야 하는 것은 자기 자신이라는 거 잊지 말기

아주 오래 오지 않을 수 있으니 멀리 보아야 한다는 말이기도

하고 그럼에도 가장 마지막까지 기다림을 놓지 말아야 한다

는 말이기도 하다

*

오늘은 아무도 만나지 않았고 최소한의 반경으로 움직였다. 미세먼지도 매우 나쁨이라 난방 틀고 수건을 물에 적셔 걸어놓고 공기 청정기를 틀고 창문을 닫은 채로 가만있었다. 오전부터 오후까지 노트 정리를 했다. 샤프심이 종이에 닿으며 사각거리는 소리를 내는 게 좋다. 볼펜은 미끄러져서 흘러가는데 샤프는 자국을 남기며 조금씩 나아가는 기분을 준다. 인내심이 그렇게 많지 않아 노트 한 권을 제대로 끝낸 적이 많이 없는데 두께가 있는 노트의 절반이 넘어갔다. 생각 없이 적을수록 꾸준히 하게 되고 꾸준히 하게 되면 뭐든 모이게 된다.

밤에 일찍 자지도 않으면서 늘 아침에 일찍 깨서 요새는 낮잠이나 저녁잠을 조금씩 자서 수면을 보충하고 있는데 그럴 땐 대개 꿈을 꾼다. 오늘은 낮에서 저녁 사이로 넘어가는 시간 즈음 잠들어 저녁 무렵 깼는데 몸이 너무 가라앉아서 꼼짝할 수가 없었다. 모든 사물에 작용하는 중력이 유독 내게만 가혹하게 쏠린 것 같았다. 손가락만 겨우 움직여서 통화목록 상단의 0에게 전화했다. 0의 목소리를 들으면서 조금씩 기력을 찾아 침대 위에 앉았다. 앉으니까 창이 보였다. 창밖이 희뿌옇게 어두웠는데 무작정 서러워지고 막막해져서 눈물이 났다. 경험적으로 이럴 때는 불을 켜야 한다는 걸 알고 있었는데 또 앉은 채로 꼼짝할 수가 없었다. 할 수 있는 게 없어서 그냥 0한테 불을 켜야 해, 하고 말했다. 0이 스위치가 너무 멀리 있지, 조금만 쉬었다가 켜지, 라고 얘기해서 가만있었다. 웅크리고 어두운 밤을 바라보며 목소리를 가만가만 듣다가 일어나서 불을 켰다. 밤에는 차를 마셨다. 70도 1.5분이라고 쓰인 설명을 읽으며 70도의 온도와 1.5분의 시간을 가늠했다. 음악을 추천해달라고 부탁해서 가사 없는 음악을 들었다. 음악을 들으면서 누군가의 취향에 대해 생각했고, 태도란 일시적인 관심과 흥미의 지속이자 습관화라는 말에 대해 생각했다. 습관, 취향, 태도. 요즘에는 생각이 자주 흩어지고 발산한다. 무엇에도 머무르지 않고 깊어지지 않는다. 그런 기분을 그다지 좋아하지 않고 그렇기 때문에 그걸 견디기 위해 계속 생각 없이 쓰는 걸지도 모르겠다.

단순한 문장들을 계속 생각한다. 일찍 자기, 끼니 거르지 않기, 매일 하루치 분량의 공부 하기.

*

고통과 나는 분리될 수 없다는 걸 잊지 말자

*

나는 너무 빨리 익숙해지고 너무 빨리 낯설어진다 늘 이것을
숨기는 데 급급했다

*

가끔 나의 열심과 진심이 비실용적이라거나 비현실적이라는 말을 들을 때는 조금 서글프다. 때로 스스로 그것을 인정하며 불안해하거나 혼란스러워하기도 하고. 그래도 여전히 무용한 것들을 사랑해. 모든 유용은 무용을 위해 있다고 생각해. 내가 쏟았던 감정들 미끄러졌던 기억들 조금씩 조심조심 제겨디뎠던 경험들 내가 걸어감으로써 내었던 길들 내게 모두 소중하고 앞으로도 그럴 것이다. 이렇게 적는 건 앞으로 더 세상의 기준에 쉽게 휩쓸리는 상황이 많을 테니까. 물론 유용하고 실용적이고 현실적인 일들을 해야 한다는 거 알고 있고 또 하겠지만 내가 사랑하는 것들 무용한 것들 쓸모없는, 쓸데없(다고 불리)는 나의 진심과 전력을 잊지 말기로 스스로 약속하고 다짐하고 싶어.

*

나의 취약함을 좋아한다는 당신의 말이 내게 얼마나 위안이
되었는지

*

어떤 마음은 머랭처럼 달고 쉽게 부서진다 만들긴 어려워도

녹이기도 부수기도 쉬워

*

맥락 없이 가끔 들여다봐줘요

*

둔각삼각형의 외심은 삼각형 바깥에 있다. 공식적으로, 바깥에 있는 중심 같은 것도 있다고 생각하면 쉽게 쏠리고 넘어질 때 안심이 돼. 오랫동안 내 내부에 나의 근거가 있길 바라왔지만 애초에 내가 가지고 있는 내 마음의 모양이란 둔각삼각형 같은 걸지도 모른다.

*

애써 설명하지 않아도 이해받은 경험과 설명하면 반드시 이
해받을 것이라는 확신, 그것이 최근의 나를 지탱하는 힘인 것
같다

회복엔 시간이 필요하단 사실을 겁내지 말자

*

어떻게 지내고 있니, 라는 말에 내 일상을 요약하는 게 너무 어려웠던 것처럼 타인의 일생에 대해서도 그런 태도를 견지하기

함부로 묶어서 비난하거나 조언하지 말기

*

차를 비워낸 뒤에도 데워진 채로 가만히 따끈한 다기를 한 손
에 쥐고 있었다 빈 채로도 따뜻한 마음 네가 떠나도 나는 잠시
간은 그런 빈 잔으로 남을까
당신이 노력한다고 말하는 만큼……
포기하고 싶은 마음을 포기하고 싶다

*

여전히 누군가를 이해하고 싶을 때는 그 사람이 읽은 책을 따라 읽는 습관을 가지고 있다 보통 그게 내 취향이 아닌 이상 열에 아홉은 실패하니까 효율로 따진다면 가성비가 나쁜 방법이긴 하지만 그래도 열에 하나 정도는 성공하니까, 라는 마음으로 계속해서 타인의 발자국 위에 나의 것을 포개어간다 그렇게 점점 거리를 좁히다보면 언젠간 근처에 머무르고 어떤 찰나에는 닿을 수도 있겠지란 마음으로.

*

관계에 있어서 기대와 실망 두 가지를 유난하게 경계하는 태도가 내게 있었는데 오늘 문득 그 두 가지 단어에 대해서 아무래도 상관이 없다는 생각이 들었어 내 오래된 감정이 그렇게 쉽게 초연해진 것은 아니겠지만 이렇게 마음에 애정을 담고도 적은 기복으로 흔들릴 수 있어서 기뻐
언젠가 흔들림이 멎을 정도가 되면 혹여 쏟을까 잃을까 걱정 없이 마음을 가득 채울 수 있게 되지 않을까

*

실망失望의 반대말은 희망을 지속함. 관계란 실망으로부터 멀어질 수는 없는 거겠지만 나는 언제나 실망의 반대편에 서서 기다리고 있을 테니 언제든 여기로 건너와 줘.

*

나와 타인의 차집합에 대해서 얘기하는 것은 언제나 조심스럽고 두렵지만 그것이 합집합이라는 이름으로 묶일 수 있음을 늘 상기할 것

*

나는 가까이 있는 사람들에게 질문을 던지는 걸 좋아하는데
가끔 어떤 질문은 정말 그에 대한 답이 궁금해서라기보다는
내 마음의 위안을 위해서일 때가 있는 것 같다
그런 공허한 질문들을 메우고 싶은 마음을 천천히 조금씩 오
랫동안 경계해왔다 그런 경계를 허물고 싶은 마음까지도.

*

예전에 내가 좋아하는 교수님이 삶을 살아가는 세 가지 방식을 은유하며 그중에서 지향해야 하는 것으로 부사를 꼽은 적이 있었다. 무엇을 하고 싶다/무엇이 되고 싶다를 지나 어떻게 살고 싶다를 생각하게 되면서, 나는 내가 명사를 지나 형용사에 가까워졌다고 생각했는데 오늘 문득 그냥 제자리구나 내가 두려워하고 불안해하는 것은 결국 명사의 자리 그것을 내가 가지지 못할까 봐, 그 단어들을 입지 못하는 사람이 될까 봐구나 그런 생각이 들었다.

부사라니. 어떻게 그렇게 가벼운 무게로 스스로를 지탱할 수 있을까. 그런 삶의 양태에 가까워지려면 또 얼마나 부서지고 허물어지는 시간이 필요할까.

*

타인의 존재를 내 경험으로 소비하지 말기

*

당근을 얇게 썰어서 말리면 가쓰오부시처럼 휘어지면서 꽃모양이 된다. 꽃잎처럼 생긴 당근을 바삭바삭 먹으며 누워서 하루를 지냈다. 가만히 누워 있어도 가끔 찬물을 맞은 것처럼 화들짝 놀랄 때가 있다. 그럴 때마다 작은 꽃잎들이 입안에서 바스라진다. 재작년에 썼던 꽃다발이란 표현이 불행에 대한 수식어였는지 행복에 대한 수식어였는지 정확히 기억이 나지 않는다.

아무것도 하지 않아도 일은 늘 일어나고 마음은 늘 닳는다 그게 곧 아무것도 하지 않은 건 아니라는 뜻일까 시동 켜놓은 채 주인 없이 덩그러니 주차장에 놓인 차가 된 것 같다 뭘 기다리는지도 모르면서……

고갈에 대한 얘기 쓰는 거 아무 도움 안 된다는 거 알지만 습관적으로 쓰게 되고 그게 더 고갈된 상태를 상기시키는 일일지도 모르겠다

*

내 피로의 몸집이 나를 넘어서지 않기를 바란다.

*

새해가 되면서 단골처럼 돌아온 질문인 바라는 게 뭔지 이루고 싶은 게 뭔지 그런 거에 대해 한동안 아무 생각이 없었고 그래서 그런 상황이 닥칠 때마다 어떤 바람도 희망도 없이 추상적인 소원만을 흘려보냈는데 근래에 내가 내 마음을 걸고 있는 부분이 뭘까 곰곰 생각했고 오늘에서야 겨우 내 안에 아주 오랜 시간을 들여 완성하고 싶은 문장이 있다는 걸 생각해냈다. 그 문장에 물음표가 아닌 온점을 찍기 위해 쉽게 마음을 꺾고 포기하고 폐기하는 습성을 버리고 싶다. 얼마의 시간이 걸리는 일일지는 잘 모르겠지만 일단 이것을 올해의 소원으로 삼아봐도 되겠지. 올해 불가능하다면 내년에도 이 문장을 붙들고 있으면 될 것이다. 내년이 될 때까지 이 문장을 붙들고 있을 수 있다면 나는 그것만으로도 올해의 소원이 이뤄졌다고 여길 것 같다.

마음을 폐기하지 않고 싶다.*

* 김금희(2018), 『경애의 마음』, 창비.

*

오늘 낮에는 블라인드를 걷었더니 햇빛이 쏟아져서 앉아 있는 내 등이 봄처럼 따뜻해졌다. 문장을 읽거나 문장을 쓰면서 하루를 보낸다. 까맣고 매끈한 돌멩이가 된 것처럼 온도를 감각한다. 계절감을 가늠하고 소식을 기다린다.

어제 오늘 서운함과 서늘함과 아픔에 대해 생각했다. 오래 연락하는 이들의 안부가 많이 걱정된다. 오래 연락되지 않는 사람들도.

봄

*

일어나서 봄나물을 먹고 나갔더니 꽃이 피어 있었잖아, 하루
동안 너의 다정으로 봄이 온 것 같았어

*

유독 봄이 올 때는 임계점이라는 말을 생각하게 된다. 천천히 느긋하게 걸어오는 게 아니라 순식간에 불붙듯 계절이 번진다. 반드시 어떤 한 기점을 넘어야 변화가 시작된다는 것처럼. 지금 우리가 겪고 있는 하루하루도 한 기점을 무사히 넘길 수 있길, 그 이후로 와르르 꽃이 피듯 피어나길 바란다.

*

시선

낮, 햇볕, 바람, 봄, 꽃, 가지, 송이, 빛, 하늘.

간단하고 실제적인 단어들을 떠올리는 게 기분에 도움이 될까. 무엇이든 오래 생각하지 않기 위해 노력하고 있다.

*

뭔가를 혼자서도 잘할 수 있다고 나에게 말하고 싶을 때 누군가와 같이 걸었던 길을 꼭 혼자서 다시 걸어보는 습관이 있다 아주 어린 마음이라고 생각하지만 그래도 대체로는 도움이 된다 그래서 이 습관을 계속 갖고 있는 건지도 모르겠다

*

납득하나 납득되지는 않는 것. 피동으로 쓰게 되는 마음들은 아무리 경계해도 어쩔 수 없음으로 흐른다. 머리로 이해하는 것과 마음으로 받아들이는 건 다르다.

*

타인에 대한 정확한 배려는 나 스스로에 대한 존중으로부터

비롯되어야 한다는 것 잊지 말기

*

손바닥만 한 행복으로도 하늘을 가릴 수 있을 것 같은 날도 있고 바닥까지 드리운 햇빛만큼의 마음을 안고서도 울게 되는 날도 있다

*

누군가를 변화시키는 방법 중 내가 경험적으로 믿고 있는 단 한 가지 방법은 내가 일관된 태도를 유지하는 것이다. 그것은 일관된 신뢰일 수도 일관된 지지일 수도 일관된 애정일 수도 있다. 그게 무엇이든, 오랜 시간을 들여 다만 (긍정적인) 일관된 태도를 보여주는 것만으로도 사람들은 어느 정도의 변화를 보여준다. 중요한 것은 내가 그들에게 많은 것을 해줄 수 없다는 걸 인정하는 것이다. 다만 내가 할 수 있는 최선은 나의 태도뿐이라는 것, 하지만 그게 누군가에게는 (미약하게나마) 도움이 될 수도 있다는 것. 겸손함과 책임감을 가지고 타인을 대할 때만이 타인과 함께 더 나아질 수 있다고 생각하고 있다.

*

예전에 0이 내게 물었던 질문에 뒤늦게 답한다. 너를 위해 기꺼이 변화하겠다는 마음이 사랑이라고 생각해.

*

너를 위해 나를 먼저 생각하는 사람이 될게 이런 이기적인 문
장을 이타적인 문장으로 쓰게 해주어 고마워

*

너의 꿈에 나왔다는 내가 다정하고 어설퍼서 한참을 웃었고
고마웠어
네가 너를 돌보고 살피고 신경 쓰고 위할 때 나는 아주 기뻐
그런 소식을 더 자주 많이 듣고 싶고
그게 곧 너의 일상이길 바라
네가 내 삶에 소중한 한 조각이라는 것을 늘 기억했으면 좋겠다
항상 필통에 넣어 다닌다는 너의 청포도 사탕이 너를 위로하
지 못하는 순간에 그 사실이 너에게
조금이나마 도움이 되었으면 좋겠어

*

오늘 들었던 말 :

"편하게 물어봐도 돼."

"불편하게 물어볼게. 신경 써서 물어볼게. 생각하고 물어볼게.

배려하면서 물어볼게."

*

사랑에 겸손이란 단어를 붙여본 적 없는데 겸손이야말로 사랑의 태도라는 걸 생각하게 되었어

나는 아무리 너에게 가까이 다가가도 영원히 너의 바깥에 서 있다는 걸 항상 기억할게 너를 가장 잘 알게 되었다고 생각한 날에도 내가 할 수 있는 것은 너의 바깥에서 손 내미는 것 정도라는 걸

다만 네가 내 손 잡을 때까지 기다릴게

*

오늘 낮에는 꽃병의 물을 갈고 줄기를 조금씩 잘랐다. 예전에는 나는 식물도 생명이니 매번 낯선 물을 만나는 게 싫지 않을까 그런 생각을 했었는데 아주 근래에야 꽃을 오래 시들지 않게 하려면 자주 물을 갈고 대를 잘라줘야 한다는 걸 알았다. 좋아한다고 말하는 것과 좋아하는 것을 잘 다루는 것은 아주 다르다.

*

의심 없는 행복

사랑한다는 건 어떻게 사랑하는지를 아는 것이라는 걸 항상 명심하고 있으므로 더 잘 사랑하기 위해 아주 오래 열심히 최선을 진심을 다할 것이다

살아오면서 언제나 내가 준 호의보다 더 많은 호의를 받아왔다 그 호의로 인해 사랑의 다른 이름들을 하나하나 호명할 수 있게 되었다

*

내가 너를 사랑하는구나

나도 모르는 새 내가 나의 미래에 아픔을 달아두었구나

*

별로 좋아하지 않는 꽃들마저 간절하게 보이는 봄날

*

꽃이 피었을 때 잎의 모양도 유심히 보는 편이다. 꽃이 지고 나
서도 그 이름을 불러줄 수 있도록.

*

사랑하는 존재들에겐 근거 없는 낙관의 말들만 가득 주어서
라도 행운을 만들어주고 싶다.

*

"잘 살려고 노력하다 보면 고통스러워져."

"잘 살려는 것에 고통받지 않는 것도 포함되는 게 아닐까?"

*

우리를 구성하는 언어가 연약함, 취약함, 세심함 같은 말들이
라 해도,

*

내가 사랑하는 사람들이 왜 그렇게 예민해, 라는 말을 듣지 않
길 바란다. 무엇보다도 그 말을 하는 사람들이 내가 사랑하는
사람들이 사랑하는 사람이지 않기를 바란다. 그 말로 인해 그
들이 깊이 상처 입지 않기를 바란다. 무엇보다도 그 말에 꺾이
지 않기를 바란다. 내가 할 수 있는 일은 다만 옆에서 그러한
예민함을 들어주는 일뿐이겠지만. 나조차도 종종 그런 말에
꺾이면서 이런 바람을 늘어놓는 게 이기적이라는 거 알지만
그래도.

*

인간의 고귀함에는 이유나 근거를 붙일 수 없다는 것, 너는 그 것을 내가 너에게 주었다고 했는데 오늘 나는 너에게 그 말을 돌려받았다.

*

나는 너의 방식의 사랑을 사랑해 그것은 너의 '방식'이어서가
아니라 '너'의 방식이어서야

*

예외적 취향 = 사랑

*

나의 무엇, 이 아닌 나의 존재 자체가 타인의 기쁨이 된다는 것

그것이 무슨 의미인지를, 어떤 기분인지를 경험하게 해주어

고마워

*

오랜만에 온 갑작스러운 연락 때문에 길 가다가 앉아서 전화를 받았다. 건너편에서 너는 자신도 벤치에 앉아서 전화하고 있다고, 오늘 날씨가 너무 좋다고, 덕분에 이렇게 벤치에도 앉아 본다고 말했다. 같이 있지는 않지만 같은 날씨를 보고 같은 계절을 맞고 있겠구나 생각했다. 꾸준하게 다정한 사람들 덕분에 나는 지속이라는 것을 믿게 되었고 믿고 있다. 내가 희미해질 때마다 먼저 손 내밀어주고 눈짓하고 알아주고 연락하는 사람들에 의해 나의 일상과 시간은 또렷해지고 움직인다.

*

친밀한 사람들과의 닿음을 그리워하며 보내는 매일. 비유적인 의미에서가 아니라 정말로 물리적으로 너와 내가 닿아 있는 것을 그리워한다. 길을 걸으며 손을 잡거나 팔짱을 끼거나 이야기가 즐거울 때 어깨나 팔을 가볍게 건드리거나 좋은 일이나 안 좋은 일이 있는 표정을 보고 서로를 말없이 안을 때 너에게로 혹은 너로부터 전해지는 무언가를. 어느 날 울고 있는 나를 안아줬다든지 길을 걸어갈 때 손을 잡고 노래를 불렀다든지 수업이 마친 후 이해할 수 없는 것들에 대해 얘기하며 가볍게 서로를 쳤던 기억들을 생각하며 그 기억들이 내게 얼마나 소중한지를 생각한다. 말로 전해지지 않는 것들. 오직 그 자리에 그 장면에 같이 존재해야만 가능한 위로와 격려, 애정과 진심, 이해와 공감을. 물리적으로 닿아 있다는 기분을 간절하게 그리워한다. 멀리 있어도 연결될 수 있는 세상이라고 하지만 단지 연결되어 있다는 기분으로만은 채워질 수 없는 닿아 있음 그 자체를.

*

아무것도 하지 않고 유지되는 일상은 없다. 내가 아무것도 하지 않고 있는 것처럼 느껴진다면 그건 내가 일상을 이루고 있는 것들을 아주 사소하게 치부해버리고 있는 것이거나, 타인에 의해 나의 일상이 유지되고 있는 것이거나 둘 중 하나다.

*

어렸을 때는 안 좋은 어른이 되는 게 항상 겁났다 지금 좋지 않다고 생각하는 걸 내가 그 자리에 서면 잊게 될까 봐 잊고 또 똑같은 사람이 될까 봐 그래서 어떤 게 좋음이고 나쁨인지 잊지 말라고 일기장이나 메모장이나 손 닿는 곳곳에 생각날 때마다 써뒀었다 내가 어른이 된다면 (만약) 엄마가 된다면 교사가 된다면 이렇게 행동해야 한다 이런 걸 유의해야 한다 같은 것들을…… 지금도 여전히 그런 것들을 자주 생각한다 내가 약자로서 마주치는 서러움이나 속상함 같은 게 있을 때 이 기분을 잊지 말고 꼭꼭 기억해서 좋은 어른 좋은 나이 든 사람이 되자고 생각하고 다짐해

*

근래엔 유치가 빠진 자리에 바람을 흘려보내듯 예상치 못하게 사라진 일상이 이상하고 어색해서 시간을 흘려보냈다. 여러 감정이 들지만…… 빈자리에는 새 이가 난다는 걸 기억하려고 한다.

*

빛이 사위면서 봄꽃에 가을이 입히고 있다. 가물어지고 여위는 오후의 색깔과 가을의 색감을 좋아한다. 나는 매년 봄에 가을을 그리워하지만 올해는 봄을 지나며 봄을 그리워한다. 어설프고 무방비하지 않게 맞을 수 있는 마지막 봄이 지나가고 있다.

기울어진 계절의 추를 느끼며 무서워서 제대로 보지도 않고 빠르게 지나쳤던 시간 동안 유치하게 굴었던 마음과 태도를 반성한다.

여름

*

그저께는 콩국수를 먹었고 오늘은 판모밀을 먹었다. 여름이 오고 있다.

판모밀이 아니라 판메밀이네…… 그래도 나는 모밀이란 발음이 좋아.

*

일상에 최선을 다하고 있지 않다는 생각이 나를 너무 괴롭게 한다. 매일 바쁘게 살면서도 그 바쁨이 무의미한 것 같다는 생각을 떨치지 못하는 날들. 밤마다 서로 다른 강박에 대해 꿈을 꾸고 그것이 현실이 아님에 안도하며 꿈에서 깨지만 사실 그런 꿈들은 현실과 별로 멀지 않다는 것도 알고 있다. 이런 기분을 유지하는 게 다정한 사람들이 전해주는 위로를 배반하는 것 같아 미안하다. 오늘 낮에는 짧게 걸었는데도 숨이 막히도록 더웠다. 여름의 시작.

*

너무 바쁘고 하기 싫은 것들만 잔뜩 있을 때 생각나는 하고 싶은 것들을 적어두고 있다. 하지만 가끔은 그 모든 미래의 계획들을 폐기하고 싶다는 생각에 사로잡힐 때도 있다.

미래를 사랑하는 건 나를 사랑하는 것이다. 그 말을 내가 누군가에게 했었는데, 그때는 안타까움과 애정에 의지하고 있었던 말이었다면 지금은 체념과 다짐의 중간쯤에 머무는 말이다.

*

낮에는 시집을 펴서 좋아하는 구절을 소리 내어 읽었다. 오후
에는 사다 놓고 읽지 않았던 또 다른 시집을 읽었다.

*

모든 것이 변했는데도 일상은 여전히 일상이라고 불린다

*

요즘은 마음이 너무 피로해 서울을 떠나고 싶다고 자주 생각하는데 그래도 어떤 순간엔 이곳에 내가 사랑하는 것들이 있구나, 생각하게 된다.

사실 서울을 떠나고 싶어 하는 마음은 서울이라는 물리적 공간으로부터의 탈피를 원하는 마음이라기보다는 쓸모를 증명해야만 하는 순간들과 경제적인 문제들, 그리고 끝없이 쏟아지는 뉴스들, 매일 있는 사건과 사과문, 소문과 비난, 매초 변해야 하는 속도 같은 것에서 벗어나고 싶은 마음일 뿐이다.

*

오늘 어떤 분께 나는 소중한 사람이고, 강한 여성이고, 누군가가 나의 기분을 엉망으로 만들 자격이 없다는 말을 들었다. 강한 여성이라는 말에 넘어져서 한참을 울었다. 마음이 약해 작은 일에도 쉽게 부서져서 가까운 사람으로부터 늘 걱정을 받았는데 너는 강하다는 말을 듣는 게 내 삶을 지탱하는 데 이만큼의 도움이 된다는 것을 처음 알았다.

근래엔 들려오는 모든 소식과 사람들의 반응을 보고 듣고 읽는 게 너무 괴로워서 삶을 그냥 저편에 버려두고 싶었다. 오늘도 일어나서 몇 개의 소식과 댓글을 보다가 먹고 싶지도 않고 움직이고 싶지도 않아져서 아무것도 하고 있지 않았는데 그 말에 기대 몸을 움직여서 늦은 끼니를 챙겨 먹었다. 먹으면서, 열심히 먹고 열심히 움직이고 열심히 건강해야지, 라는 생각을 했다. 열심히, 잘, 사는 거 진짜 너무 어렵고 힘들더라도 품을 들여 삶을 아끼고 가꿔야 한다는 것을.

내가 소중하다고 말해주는 사람들이 옆에 있다는 것을 계속 생각하고 그에 많이 의지하고 있다. 그 말들이 내게 하루치 삶을 살아낼 용기가 된다.

*

미래를 생각할 때 나를 해치지 않기. 나를 해치지 않는 미래를

생각하기.

*

(여전히 어떤 부분들에서,) 새로운 시작을 바라거나 성급한 결말을 기다리는 마음.

언제나 중간을 견뎌내는 인내와 성실을 가지고 싶었다. 회피하지 않고 직면하기, 꾸준히 계속하기, 멈추지 않기. 돌아서지 않고 느려지지 않고 발자국을 찍는 사람들을 좋아했다. 다시 만났을 때 말갛고 단정한 얼굴로 반드시 이전보다 몇 걸음 앞서 있는 사람들을.

일정한 속도로, 멈추지 않고 나아가고 싶었다. 그런 기분을 좋아해서, 그런 사람이 되고 싶어서 학교 다닐 때 오래달리기를 하면 아무리 힘들어도 멈추거나 걷지 않았다. 뿌듯했지만……, 이제 그건 끝이 보이니까 가능한 것이었다는 걸 안다. 끝이 보이지 않는 것들에서도 중심을 지킬 수 있었으면 좋겠다. 초심 중심 하심 가운데 중심을.

*

예전에 쓴 일기를 보다가

최선은 결과로 증명된다는 사실이 나를 너무 괴롭게 한다, 라

는 메모를 봤다.

*

어젯밤에 발을 다쳤다. 오늘 친구와 약속이 있었는데, 오래 걸을 수가 없어서 밖에 못 나갈 것 같다고 연락하자 친구가 여기까지 올라와 줬다. 바로 앞 벤치에 나란히 앉아서 오래 하늘을 바라봤다. 올여름에 이상하게 자잘하게 많이 다치는 것 같아. 그것도 너무 어이없이. 어떻게 이런 식으로 다칠 수가 있지. 미안한 마음에 계속 그렇게 말하자 친구가 웃으면서 이렇게 말했다. 상처를 이해하려고 하지 마. 이해되는 상처가 어디 있어. 맞아, 그런 상처는 없지. 그냥 아플 뿐이지. 분홍색 하늘이 흐리게 저물어갈 때까지 얘기하다가 친구는 나를 현관에 바래다주고 돌아갔다.

칠월의 마지막 날.

*

요즘은 어떤 '잘못'을 다룰 때 타인을 단죄함으로써 윤리적 우위에 서려고 드는 태도를 경계하고 있다. 그런 말들을 볼 때 휩쓸리지 않기 위해 거리를 두려고 한다. 사건과 상황에 대한 것과 사람에 대한 것을 구분하려고 노력한다. 정확하게 사람을 이해하기 위해 충분히 노력하기. 그것을 포기하지 않기. 잘 안 되더라도 계속해서 그것을 시도하려고 한다. 그게 나의 방향을 좀 더 분명하게 해줄 것이라는 믿음이 있다.

*

오늘 아침에는 블라인드를 바닥 끝까지 내려놓은 채로 누워서 가장 상단에 뜨는 노래를 틀었고 그 노래가 끝날 때까지 누워있었다. 좋다거나 좋지 않다거나 하는 생각도 없이 들었는데 지금까지 그 노래가 생각이 난다.

*

밤에는 조금 걸었다. 돌아와서는 내가 예전에 했던 잘못들을 생각했다. 그때는 전혀 잘못이라고 생각하지 않았던 나의 잘못들을. 그 잘못들을 반복하지 않고 싶다.

*

최근에는 지금 손에 쥐고 있는 것들은 아직 잃어버리지 않은 것들이라는 생각을 한다. 이강백의 『결혼』에서처럼 빌린 것이라 돌려주어야 하는 것이라기보다는 나도 모르는 새 내 손에 쥐어있다 어느 순간 영문도 모른 채 영영 잃어버리게 되는 것. 그러니 지금 가진 것들은 가진 것이 아니라 모두 아직, 잃어버리지 않은 것.

*

오늘은 바람이 불어서 좋았다. 나무는 초록빛. 얇은 긴 팔 얇은 긴 바지가 바람에 휘날렸다. 여름 냄새.

*

가끔 어떤 공간으로서 존재하고 싶다는 생각을 한다. 내가 사랑하는 사람들이 지친 순간에 머물 수 있는 곳이었으면 좋겠고, 가볍게 들렀다 훌쩍 떠날 수 있는 곳이었으면 좋겠고, 돌아갈 수 있다고, 그곳은 언제나 거기에 있을 거라고 여기며 위안을 얻을 수 있는 곳이면 좋겠다고. 잊고 있다가도 생각나는 날엔 편히 들러 얘기해줬으면 한다. 어떤 날들을 보냈고 보내고 있는지. 무슨 일들을 겪었고 어떤 감정을 느꼈는지.

*

표정 없이 타인을 대한 적이 없는데 너의 앞에서는 표정에 힘
을 빼도 괜찮겠다는 생각이 들어

돌아가는 길에 사 간 작약이 오래 피어있길

*

어른이 된 후로 새로 하게 된 생각 중 하나는 기성세대의 역할이란 더 나은 삶의 양식을 물려주는 것이라는 것이다. 나는 이제 점점 더 기성세대가 될 것이고 누군가에겐 하나의 삶의 양식으로 보일 것이다. 나보다 어린 사람이 나의 삶을 보았을 때, 그리고 아주 드문 확률로라도 그 삶을 따라갔을 때 아프거나 후회하거나 타인에게 유해하지 않았으면 좋겠다는 마음에서 나는 내 삶, 내 삶을 이루고 있는 부수적인 나의 습관과 태도 언행을 되새긴다. 이 생각은 내게 아주 많은 부채감을 가져다 주지만, 한편으로 나 스스로 내 삶에 대해 나이브해지지 않게 해주기도 한다. 어떤 면에서, 모두가 같은 길을 걸을 때 다른 길을 선택할 수도 있다는 하나의 선택지가 되고 싶다고 생각한다. 결국 그 길을 걷지 않더라도 선택지가 있고 없고의 차이는 아주 크니까. 내가 나의 윗세대로부터 보지 못한 것을, 받지 못한 것을 보여주고 내어주는 사람이고 싶다.

*

결국 나는 나의 한계 안에서 뭔가를 할 수밖에 없다 내가 뭔가
를 할 때 끌어다 쓸 수 있는 건 내 안에 있는 것들뿐이다

힘 빠져도 정말로 그것뿐이고 그것뿐이라는 걸 믿고 나아갈
수밖에 없다

*

내가 나의 가치를 인정해주지 않으면 아무도 나의 가치를 인정해주지 않는다는 것을 이만큼 절실히 깨달은 날이 없었던 것 같다

O은 나에게 내가 못하고 있다는 생각이 들 땐 모호하게 뭉뚱그려 생각하지 말고 구체적으로 생각하는 것이 도움이 된다고 말해주었다. 오늘 아무것도 한 게 없다고 느낄 때 몇 가지 중에 몇 가지를 했는지 확인하기. 이 정도의 능력을 갖춘 사람은 많다고 생각할 때 실제로 어떤 범위에서 얼마나 많은 사람이 그러한지 알기.

나는 무엇이든 수치화시키는 것을 별로 좋아하지 않지만 어떨 때 수치화는 나의 위치를 알게 하고 방향을 결정하는 데 도움을 주기도 한다.

*

근래에 내가 자꾸만 완성하지 못하는 내 이름의 받침이 되어
주어 고마워

네가 있어 여름이 오는 게 덜 무서웠어

*

너 덕분에 나는 매일매일 다른 세계를 봐

*

내려오면서 0은 내게 어디로 가야 할지 모른 채 무작정 걸어
본 적 있냐고 물었다. 그런 적 없다고 말하자 한번 그렇게 해보
자고 했다. 짧은 길이었지만 내려오면서 나는 어떤 골목으로
접어들지 여러 번 스스로 선택했다. 처음 걷는 길이었고, 길을
전혀 몰랐기에 혼자 있었으면 그럴 생각도 못 했을 것이다. 길
을 잃으면 어떡해? 하고 묻자 0은 올라왔으니 내려가다 보면
길이 나올 거야, 라고 말했다. 그 말을 듣고 난 후로는 생각 없
이 이야기하며 이쪽저쪽 골목을 지나쳤다. 몇 번 계단을 내려
가고 방향을 돌자 정말로 아는 곳이 나왔다. 빛이 밝은 대로가.
근래의 나는 내가 지도 위에 있지 않다는 기분과, 판단도 결단
도 없이 삶을 흘려보내고 있다는 생각에 사로잡혀있다. 내가
하는 모든 유예는 내 삶을 걸고 하는 유예라는 생각 때문에. 오
늘의 짧은 산책이 나에게 남긴 것을 오래 기억하고 싶다. 대로
가 나왔던 순간에 내가 느꼈던 감정을.

*

가보지 않은 길에 대한 말들이 가장 나를 쉽게 흔든다. 내가 가지 않은 길을 걸어본 사람이 하는 말은 정말 진짜인 것 같아서, 지금은 아니라고 생각해도 언젠가의 내가 꼭 그 사람처럼 될 것 같아서. 인생의 어느 시기에 반드시 해야 할 것들이라고 말해지는 것들을 하지 않은 걸 후회한 적이 단 한 번도 없음에도 불구하고 여전히 나는 앞날을 생각할 때 그런 말들에 휘둘린다. 내가 걸어가는 길에 돌이킬 수 없는 후회가 남을까 봐 두려워하는 건지도 모르겠다. 어느 날 또 뒤돌아보며 그런 말들 아무것도 아니었다고, 그 사람과 나는 달랐다고, 어떤 것을 하거나 하지 않은 것을 결코 후회하지 않는다고 말하는 날이 올까. 지금의 내가 그런 선택을 할 수 있을지 생각한다.

*

할 수 있는 일만 원하는 것이 자유로움, 이라는 말을 이전에는 이해하지 못했다. 마치 분수에 맞게 살라는 뜻 같아서. 하지만 오랫동안 나의 바람 나의 희망 나의 욕망을 들여다보면서 나는 조금씩 내게 필요한 것을 요구하는 것과 내게 필요한 것 이상을 욕망하는 것을 구분할 수 있게 되었고 후자를 경계하는 마음속에서 차츰 더 가벼워지고 단단해졌던 것 같다. 그것은 채움이 아니라 버림이라는, 마이너스의 과정이었다. 그렇지만 여전히 수많은 선택지가 환상처럼 놓여 있는 곳에서 나는 또 필요 이상의 것들을 바라게 되고/될 것이고 그러므로 끝없이 마이너스의 과정을 의식적으로 반복해서 생각해야 할 것이다. 조금씩 더 그 과정이 무의식적인 것에 가까워질 때 나는 더 자유로워질 것이라고 생각한다.

*

일주일 만에 밖에 나가서 달렸다. 새벽에는 한참 울었다. 아침에는 노래를 들었다.

너무 오래 잊거나 너무 오래 내버려 두어서는 안 된다. 간간이 편지를 쓰는 것처럼 내게 나의 마음을 남긴다.

*

어렸을 때 단 한 번도 어른이 되고 싶다고 생각한 적이 없었다. 어른이 되면 무엇인지 모를 뭔가를 책임져야 할 것 같아서 겁이 났다. 스무 살을 넘기면서 나는 반드시 어른이 좋지 않은 건 아니구나 생각했다. 어른이 가질 수 있는 좋은 점을 알게 되었고, 어른이 되기 전의 내가 박탈당했었던 것이 무엇인지 명료하게 볼 수 있게 되었다. 최근의 나는 아주 어렸을 때 내가 책임져야 한다고, 막연히 생각했던 것이 무엇인지 알 것 같다는 생각을 한다. 그때는 그냥 내 삶, 정도 아닐까 생각했었는데 내 삶, 이라고 그냥 부르는 그 삶이라는 무게가 실은 얼마나 대단한 것인지. 그 무게 때문에, 그 무게를 지탱하고 싶어서, 얼마나 많은 사람이 수치와 모욕을 견디고 있는지.

*

어떤 호의는 하위를 전제로 이루어진다. 그런 호의를 포기하는 것에는 용기가 필요하지만, 그런 호의를 받기 위해 자존을 포기하는 것에는 별다른 노력이 필요하지 않다는 것이 슬프다. 호의를 기꺼이, 그리고 잘 포기하기 위해 조금씩 노력하고 있다.

*

오늘 누군가는 내게 이해하라고 얘기했는데 그 말을 듣고 나는 이해라는 표현에 대해서 다시 생각했다. 이해는 영어로는 understand인데 그렇다면 이해라는 것은 아래에 선다는 의미일까? 나는 그것을 누군가의 밑바탕에 서는 마음, 이라고 생각했는데 어원을 찾아보니 지위적으로 아래에 있을 때 윗사람을 잘 이해해야 하므로 understand가 이해라는 의미로 쓰이게 되었다는 설이 있었다. 누군가의 기색을 살피고 심기를 헤아리는 것. 그것은 아랫사람일 경우에만 가능해지는 거라는 것.

이해하고 싶지 않아도 이해되는 마음과 이해하려고 노력해도 이해되지 않는 마음이 있다. 그리고 이해와 관계없이 불쑥불쑥 찾아오는 감정들도. 종종 그것들이 어디서 왔는지를 생각한다.

그러나 더 자주, 그것들이 어디로 가는지 생각한다.

*

산책하다가 문득 나는 3년 동안 외로움과 서러움, 불안함, 서운함, 속상함, 슬픔, 우울함, 무기력함, 무능감, 좌절감, 열패감…… 그런 감정들을 하나하나 분리하고 이름 붙이는 법을 알아왔다는 생각이 들었다.

그것이 그런 감정들을 극복하는 데 실질적인 도움을 준 것은 아니지만 상황과 감정을 정확하게 바라보고…… 나를 이해하고 타인을 이해하는 데 도움을 주었다.

*

이제 사랑함에는 용기가 필요하다는 것을 알아

그럴 용기로 곁에 있어 주는 사람들에게 나도 용기가 될 수

있길

*

예상치 못하게 받은 다정한 선물의 뒷장을 읽으면서 아주 긴
여름 한낮이 그래도 매일매일 저물고 있구나, 생각했다.

가을

*

오랜만에 외출하니 계절감을 가늠하기가 어려워서 옷을 여러 번 갈아입었다. 산뜻한 가을의 한복판. 햇빛은 따갑고 바람은 선선해 카디건을 반쯤 걸치고 그늘에 서 있는 것이 좋다. 이맘 때쯤은 늘 이런 날씨였지. 다시 기억하고 몸에 새긴다.

스쳐 지나가는 것들이 다시 돌아오지 않을 것처럼 슬프고 소중하게 느껴진다.

*

가끔 너의 삶을 가만히 들여다보면 나도 살고 싶어졌어

*

여전히

바라고 원하는 일들은 있지만 지금의 나 이상으로 바라고 원

하는 나는 없다

있는 그대로의 나로서 받아들여지는 경험이 내게 많다는 것

이 고맙고 감사해

내가 가진 것 중에 그것이 내게 가장 소중하다

*

언제나 내가 누군가에게 가장 해주고 싶었던/싶은 말들은 언제나의 내가 가장 듣고 싶었던/싶은 말이었다. 돌이켜 생각하면 모든 말들이 그랬다.

내가 받지 못했던 것을 너에게 줄 수 있게 다정한 말들을 내 안에 많이 쌓아둘게. 더 사랑할 수 있게 가장 약했던 순간의 나를 잊지 않을게.

*

아끼고, 걱정하고, 사랑하는 마음을 잊지 말자

*

내가 너에게 받는 것에 비해 너에게 주는 것이 없다고 느껴질 때, 너에게 미안하다고 말하는 대신 네가 해줬던 말을 떠올려 : 너는 뭔가를 준다기보다는 세상을 바꿔줘. 그러니까 어떤 의미에서는 세상을 준 거지.

*

오늘 내가 사람과 갈등하는 게 너무 싫다고 말하자 0이 누군가와 함께하기를 선택하는 건 그 사람과의 갈등까지 함께 선택하는 거라고 했다. 힘들거나 슬프더라도 너의 곁에서 힘들고 슬프겠다는 의미라고. 나는 여전히 갈등이 싫고 가능하면 갈등을 회피하고 싶지만 그런 식으로 회피되지 않는/회피해서는 안 되는 순간들이 있다는 것도 알고 그런 순간에 모든 걸 놓아버리는 습관이 나쁘다는 것도 안다. 관계에 최선을 다하는 사람은 아니라고 늘 생각해왔지만 그런 생각 위에서 최선을 다하기 위해 조금씩 더 노력하고 있다.

*

오늘 친구에게, 내가 삼 년 전의 겨울에 어차피 나 없이도 세상은 잘 돌아갈 텐데 왜 살아가야 하는지 모르겠다고 말했다는 걸 들었다. 기억도 못 하고 지금도 기억 잘 안 나지만 우울할 때 가끔 했던 생각이니 아마 친구에게 말했던 건 맞을 것이다. 친구는 그때 어떻게 대답해줘야 할까 정말 많이 고민했었다고 했다. 내가 해놓고 잊어버렸던 그 질문에 대한 생각을 지금도 하고 있는 게 무척 고맙고…… 그런 이유로, 나는 여전히 살아가고 있구나 생각했다.

지금의 나는 그 질문에 대해서, 사람과 사람은 마치 편평하게 떠 있는 거미줄 위에 일정한 간격을 두고 떨어져 서 있는 것처럼, 반쯤은 연결되어 반쯤은 독립되어 제각기 균형을 잡고 있다고 생각한다. 아주 얇은 선과 선들 위에 자신의 중력을 가지고 서 있어서, 서 있는 부분마다 조금씩 패여 있는 상태로. 그래서 누군가 사라져서 그의 무게감이 없어지면, 가까이 서 있던 사람부터 크게 휘청일 수밖에 없을 것이다. 그런 다음 천천히 시간을 들여, 사람들은 다시 서기 위해 조금씩, 위치 이동을 할 것이다. 남아 있는 사람들 간의 균형을 가늠하면서. 그렇게 언제고 다시 이전과 같이 서 있을 수는 있겠지만, 그건 바뀐 위

치에서지 결코 그 사람이 있던 세계와 동일한 위치에서가 아
닐 것이다. 그리고 그렇게 옮긴 위치는 사라진 사람이 있던 곳
에 좀 더 가까울 수밖에 없을 것이다.

살아가면서, 점점 더 많은 상실을 겪고 있다. 나를 알지 못하
고 내가 일방적으로 아는 사람들의 죽음도 내게 상흔을 남기
고 내 삶의 위치를 옮긴다. 나는 세상에서 사라진 사람들을 종
종 생각하고, 그 사람들이 남긴 기록을 종종 확인한다. 그 사람
을 기억하는 많은 사람을 보면서, 그 사람이 사라지지 않았다
고 생각하기도 하고, 정말, 완전히, 사라져버렸구나, 정말 이렇
게? 정말 이렇게 끝이야? 하고, 새삼스레 놀라고 억울해하기
도 한다. 슬프기도 하고 무감각하기도 하다가 무감각한 나 자
신에 놀라기도 하다가, 그런 식으로, 다양한 감정과 다양한 방
식으로 누군가를 기억하고 있고 기억할 것이다.

삼 년 전의 그때보다, 살아 있음 그 자체에 대해 많이 생각하게
되었고, 오래 생각한 만큼 삶을 좀 더 사랑하게 되었다. 그건
아주 오래 슬퍼하면서 내가 갖게 된 사랑이다.

*

필름 카메라를 인화했다. 2년 전 생일 선물로 받아 한 장에 한 명씩 주변 사람들을 찍다가 사람들을 못 만나게 되면서는 풍경도 조금 찍었다. 내 사진도 있다. 내가 소중하게 생각하는 사람들을 찍는다며 언니를 찍자 언니가 그러면 너도 당연히 찍혀야 하는 거라고 말하면서 나를 찍어줬었다. 그런 기억들이 생생해. 인화하자 필름에 갇혀 있었던 시간이 흘러나온다.

*

오늘 내가 뭔가를 가리키자 0이 한번 잘못 알아듣고는 이거?
라고 해서 아니야, 하자 내 눈높이 옆으로 와서 내 시선과 같은
방향에서 내 손끝을 가늠해 내가 무엇을 가리키는지 맞혔다.
네가 나를, 바라는 것과 요구하는 것을 명시적으로 표현하는
법이 드문 나를 이해하는 방법은, 내가 무엇을 어디서 어떻게
바라보고 있는지 나의 시선으로부터 출발하는 것이구나. 너
는 그런 식으로 나를 알게 되는 것이구나. 그렇게 생각했어. 가
끔 말 한마디 한 적 없는데 도대체 어떻게 알았지 싶은 순간들
은 다 이렇게 만들어진 것이었구나, 하고.

*

오늘은 아주 짧게 밖에 나갔다 왔다. 낮인데도 얇은 외투를 걸쳐야 할 만큼 바람이 많이 부는 쌀쌀한 날씨였다. 떨어진 은행이 반쯤 뭉개져 길에서는 은행 냄새가 났다. 필기구를 구경하고 노트를 사서 돌아왔고 돌아와서는 스콘 반죽을 만들었다. 냉장고에 넣어두고는 잤다. 악몽을 꿨다. 누군가를 지키기 위해서는 누군가를 해해야만 하는 꿈이었다. 결국 누군가를 해하지는 못했지만 해해야겠다고, 몸을 벌벌 떨면서 생각했다. 지켜야 하는 게 내게 너무 소중하니까. 그런 생각을 한 게 살면서 처음이라서 깨고 나서 조금 놀랐다. 이런 꿈을 꾸지 않기 위해 운동을 시작했다는 글을 읽고 그 글이 실려있는 책을 사서 다 읽은 적이 있었는데. 조금씩 몸을 움직이는 운동을 한 지 한 달 반 정도가 넘은 것 같다. 체력이 좋아지거나 건강이 좋아진 것인지는 잘 모르겠지만 그래도 어떤 일을 할 때 몸에 좀 더 힘이 들어가는 것 같아서 좋다. 매일매일 일정량을 하고 있다는 사실도. 매일매일 꾸준히 하는 일들을 좋아한다고 말하지만 실은 그것에 목표가 없다는 점을 가장 좋아한다. 목표치 없이 어느 순간 선물처럼 찾아온 변화를 만끽할 때가 가장 즐겁다. 그것을 위해 늘 매일매일 조금씩 무언가를 한다.

인생에서 서프라이즈 선물 같은 건 늘 바라왔어도 기적 정도의 바람은 가진 적이 없었는데 요즘은 좀 기적을 바라고 있는 건 아닌가 생각도 한다. 기적처럼 좋은 일들이 많이 일어났으면 좋겠다. 추석 때 아주 많은 사람이 달을 보고 소원을 빌었겠지. 매년 하늘로 가닿는 어마어마한 양의 소원들은 다 비슷한 내용일까 다 다른 내용일까. 사람들이 바라는 것들은 비슷할까 다를까.

아침저녁으로 날이 쌀쌀하니까, 서로에게 좀 더 다정해져도 좋을 것이다. 서로에게 좀 더 다정할 수 있는 마음의 여유가 생길 수 있게 기적 같은 일들이 좀 더 헤퍼도 좋을 것이다.

*

사람들이 자신이 지나온 시절에 좀 더 친절하면 좋겠다

*

앞으로 어떤 사람이 되고 싶어? 어제 오랜만에 이 질문을 들었다. 늘 대답하던 대로, 다정한 사람, 무해한 사람, 정확한 사람…… 그런 말들을 떠올리다가 그것보다도, 라는 생각이 들었다. 지금도 여전히 그런 사람이 되고 싶고 되면 좋겠다고 생각하지만 이제는 그것보다도, 다정하기 위해 무해하기 위해 정확하기 위해 용기 있는 사람이 되고 싶다고 생각해.

지난 시간 동안 어떻게든 뭔가를 사랑하고 끌어안아 오면서, 어떤 사랑함에는 용기가 필요하다는 것을 알게 되었다.

기꺼이 사랑하는 사람이 되고 싶어. 사랑함을 포기하지 않는 사람이.

*

내가 좋아하는 사람들을 영영 이해하지 못할 거라는 생각이

들 때가 있지만 그런 생각에는 늘

그런 것은 당연한 것이고 사실 그런 것은 아무래도 좋고 나는

그저 영원히 그 사람들의 궤적을 쫓아갈 것이라는 생각

도 함께 따라온다.

*

몇 년째 변함없이 내 곁에서 나의 최선은 나라고 말해주는
사람

이제 나는 너의 다정의 역사를 알아

*

언제나 뭔가를 느끼게感 하고 마음을 움직이는動 것은 진심뿐이다. 내가 무언가를, 누군가를 사랑하는 글을 읽는 걸 그토록 좋아하는 것은 사람들이 사랑하는 순간에 가장 진심이 되기 때문인지도 모르겠다. 그것이 내게 유일한 감동感動이 된다.

*

너의 최선이 너인 것을 알아

아무리 노력해도 나는 나 이상은 될 수 없을 거야 그리고 그 외의 것을 바라지도 않겠지 결국 나는 내가 부러워하는 누군가가 되고 싶은 게 아니라 더 나은 내가 되고 싶을 뿐이니까

*

하찮고 시시한 최선도 내 최선이니까

*

나를 사랑할 수 있어야 타인을 사랑할 수 있다고 하지만 타인을 사랑할 수 있어야 나를 사랑할 수 있게 되는 부분들이 있다. 어떤 사람이 어떤 위치에 있다는 사실로 그를 혐오하거나 무시할 때, 내가 그 위치에 서는 날에 나는 반드시 나 자신을 혐오하고 무시하게 될 것이다. 어떤 사람이 어떤 일을 한다는 사실로 그 사람이 보잘것없거나 하찮다고 생각할 때, 내가 그 일을 하게 된 날에 나는 나 자신을 보잘것없고 하찮다고 생각하게 될 것이다. 타인의 삶의 모습을 받아들이고 인정하며 존중할 때, 나는 어떤 순간에 맞닥뜨릴 나의 어떤 부분이든 존중하고 수용할 수 있게 된다.

타인에게 세운 기준은 반드시 내게 돌아온다.

*

기울어지는 오후의 노릇한 색감

*

나는 정교한 발음을 가지지 못해서 ㅔ와 ㅐ의 발음을 구분하
지 못하지만 그것으로 내가 내, 와 네, 를 구분하지 않고 부를
수 있어 좋아

*

내가 사랑해, 라고 말할 때 0은 가끔 그 말을 처음 듣는 사람처럼 놀라며 진짜? 라고 묻는다. 그 말을 들으면 나는 매번 처음 사랑해, 라고 말하는 사람이 된 것 같은 기분이 든다.

늘 처음 사랑해, 라고 말하는 마음으로 사랑해.

*

불완전한 너에게 기대는 불완전한 나의 마음. 일전에 너는 사랑을 뜻하는 하트 모양이 불완전한 원 두 개의 합인 것 같아 좋다고, 그런데 그것이 새로운 모양으로서 완전한 것 같아 더 좋다고 했었지. 고마워 나의 불완전이 우리일 때 완전일 수 있게 해주어.

*

어제 너에게 줄 편지에, 습관처럼 더 좋은 사람이 되겠다고 말해왔지만 나는 결국 나 이상은 되지 못할 것이라는 걸 안다고 썼어. 그런데 오늘 너에게서 받은 편지를 읽으면서 더 좋은 사람이 되고 싶다는 생각이 자연스럽게 들더라. 늘 그 말에는 모종의 죄책감과 의무감이 있었는데 그것 없이도 그 말을 생각할 수 있다는 게 놀랍고 신기했어. 내가 그 정도의 무게만 질 수 있도록, 나와 함께해주어 고마워.

*

곱게 접은 편지처럼 가을이 저문다

겨울

*

인내하는 계절

정지용의 「장수산1」과 「인동차」를 함께 생각한다.

*

겨울이 가진 착잡하고 싸늘한 내음을 좋아해 아주 오래 잊고

있었던 꿈을 생각하게 되었어

*

오래된 수건과 양말을 정리하고 차곡차곡 개어 넣어야겠다는

생각을 했다

*

어제는 학창 시절 때 많이 들었던 도망친 곳에 천국은 없다, 라는 말을 생각했다. 뭔가가 너무 괴로워서 그것을 포기하고 싶을 때, 그 말이 늘 발목을 잡았다. 좋아하는 말도 아니고 공감하는 말도 아니었는데도 그 말이 때때로 떠올랐다. 내 선택이 도망일까 봐, 그 도망이 아무것도 보장해주지 않을까 봐 두려웠다. 어제 다시 그 말을 생각하며, 내가 그 말을 떠올린 지가 오래되었으며 이제 그 말에 두려워하지도 않는다는 것을 알았다.

만약 내가 다시 누군가에게, 도망친 곳에 천국은 없다, 라는 말을 하게 될 때가 있다면, 그때는 반드시 도망이 무엇인지 정의할 수 있는 권리도 너에게 있다는 것을 함께 말해주고 싶다. 그 말이 지금의 나를 어떤 선택들 앞에서 자유롭게 한다.

*

쓸모는 절대적인 기준에 의해서가 아니라 상황과 시선에 따라 부여된다

*

무언가를 너무 잘하고 싶을 때 (그리고 내가 원하는 만큼 그것을 잘하지 못할 것 같을 때) 그게 너무너무 싫어지고 미워지기도 하는데 그럴 땐 그것으로부터 도망치고 그것을 외면하기도 한다. 하지만 시간이 지나면 내가 그것을 떠났다는 사실에 전전긍긍하다 어쩔 수 없이 다시 그것으로 돌아오게 된다. 잘하고 싶은 것을 잘하고 싶다. 미움 없이 시기 없이 올곧은 애정으로.

*

희망이 희박할 때는 마음이 미래보다 과거로 더 기운다

불투명한 미래와 달리 투명한 과거는 좋았던 부분만 편집해

서 돌이킬 수 있기 때문이겠지

*

나를 사랑하는 사람들은 자꾸 내게 강해지라고 말한다.

*

욕심내지 말자고 생각하다가 가끔 그것이 욕심이게 하는 것들을 원망하기도 하다가 욕심의 기준을 정하는 마음에 반발하기도 하다가 또 오랜 시간이 지나고 보면 그것이 욕심이었음을 깨닫게 되기도 한다 욕심부리는 것으로 인한 고통을 겪기 전에 그것이 욕심이라는 것을 알았으면 좋겠다 욕심과 욕심 아닌 것을 구분하는 현명함을 가지고 싶다

그리고 만약 그게 욕심이 아니라면, 끝까지 밀고 나갈 수 있는 마음까지를

욕심이라는 말과 분수라는 말은 얼마만큼 멀고 가까울까

*

요즘은 아껴두었던 다정을 꺼내어 먹으며 지낸다

*

최근에는 나의 단점에 대해 생각하고 있다. 나의 단점은 나의 가장 가까운 사람들이 더욱 잘 발견할 것 같아서, 0에게 나의 단점에 대해 물어보니까 0이 납득 가능할 만한 근거 없이는 자신에 대해 믿음을 가지지 않는 거라고 말했다. 잘했다고 말하면 잘했다고 생각하면 되는데 나를 아끼는 마음으로 그렇게 말해준 거겠지 생각하는 것. 아니 하지만 당연히 그렇게 생각하게 되지 않나 근거 없이 어떻게 나에 대한 확신을 가질 수 있어…… 라고 반박하다가 잠들 때쯤 그럴 수도 있겠구나, 하고 생각했다. 근거 없는 믿음과 증거 없는 확신을 가져야 할 때도 있으니까. 그래야만 통과할 수 있는 시간도 있으니까.

희망을 가지고 싶다.

*

그립지 않던 것들도 그리워져요

언젠가

그것을 언젠가라고 부른다고 당신이 말해주었는데

*

나이를 먹을수록 죽음을 관념이 아닌 실체로 느끼게 되고 삶의 고통과는 관계없이 삶에 좀 더 집착하게 된다. 어젯밤에는 너무 아파서 새벽에 계속 깨면서 갑작스레 죽었다는 사람들의 소식을 읽었고 문득 나의 죽음이 너무 두려웠다. 살고 싶다는 감각은 이렇게 점차 또렷해지는 걸까? 언젠가 또 흐려지기도 할까?

*

동짓날 팥떡 대신 팥이 든 붕어빵을 먹었다. 양의 기운이 들기 시작하는 날이라고 하니까 그 말에라도 조금 매달려보고 싶다.

*

나를 사랑하는 너의 마음이 다치지 않길 바라

*

다쳤던 부위가 조금씩 아물어가고 있다. 몸이 언제나 회복을 향해 있다는 것을 실감하고, 그것이 생명을 가졌다는 의미라는 것도 느낀다. 몸이 그렇듯 눈에 보이지 않는 마음도 언제나 회복을 향해 있다는 걸 생각하려고 한다.

*

동행하자.

발걸음 맞춰 걷자.

내일도 갈게.

*

손이 빳빳해지는 계절

*

이 계절이 나를 지나친다

나는 악수 없이 안녕, 하고 인사한다

미래를 생각하면 아무도 깨워주지 않는 긴 꿈을 꾸는 것 같았습니다. 침대에 기댄 채 자주 미세먼지 나쁨이 떠 있는 흐린 하늘을 바라보았습니다. 아침에서 낮, 낮에서 저녁, 저녁에서 밤, 밤에서 새벽으로 옮겨가는 시간의 흐름을 느끼며 내 위치와 내 자리, 내 분수에 대해 생각했습니다. 이 시간과 이 공간 중에 나는 어디에 위치할 수 있는 건지. 어떤 날은 여기, 라고 생각되는 곳이 있어 그곳에 간절하게 매달렸고 그런 날이면 그곳이 나를 배반할까 두려움에 떨었습니다. 여기, 라고 생각되는 곳이 없다고 느껴지는 날에는 그것이 나의 분수라고 생각하며 분수, 라는 말을 약간의 분노와 절망과 함께 곱씹었습니다. 그러느라 몸이 좀 상했고 마음은 그것보다도 조금 더 상했습니다.

  내 몸과 마음이 여위는 것과 상관없이 시간은 착실하게 지나가고 계절은 어김없이 돌아왔습니다. 모든 것이 변했는데도 일상은 여전히 일상이라는 사실이 이상하다고 생각하며 창문을 여는 날마다 다른 장면을 목격했습니다. 창밖에 있던 나무에 꽃봉오리가 맺히고, 그게 활짝 피고, 또 며칠 뒤에는 꽃째 지고, 또 그 자리에 새싹이 올라오고, 또 잎이 무성해지고, 그게 낙엽이 되고, 그마저 사라지는 그런 일들을. 그렇게 사계를 보내며 내가 될 수 있는 나는 결국 최대한의 나일 뿐이라는 것을 알게 되었습니다. 내가 간절하게 매달렸다고, 배반당했다고 생각했던, 그래서 분노하거나 절망하며 꿈꾸었던 나의 미래는 '나'의 미래여야 한다는 것도.

아무것도 잃지 않고 미래를 맞이할 수는 없었습니다. 그러나 나를 잃고서 맞이하는 미래도 나의 미래일 수 없다는 것을 조금 늦게 알았습니다. 지나가는 시간과 돌아오는 계절 속에서 내게 사랑과 용기를 주는 사람들의 도움으로 조금씩 매일의 나를 지키고 돌보려 애썼습니다. 다만 내 삶을 지키려고 노력했던 그 매일은 어제와 오늘과 내일이 되고, 곧 나의 미래가 되었습니다.

이 글들이 자신을 해치지 않는 미래를 생각하는 데 조금이나마 도움이 되었다면 더할 나위 없이 기쁘겠습니다.
앞으로 올 모든 미래에 당신이 있기를 바랍니다.

1월의 이른 저녁

김소원

김소원 단상집 04

내가 있는 미래에서

초판 1쇄 발행 2022년 4월 25일

지은이 김소원
펴낸이 차승현

펴낸곳 별책부록
출판등록 제2016-000027호
주소 서울 용산구 신흥로16길 7, 1층
전화 070-4007-6690
홈페이지 www.byeolcheck.kr
이메일 byeolcheck@gmail.com

ISBN 979-11-967322-8-8 03810